AF586744

VENTE

DE

DESSINS

DE

MAITRES MODERNES

PROVENANT DE LA

COLLECTION DE M. HENRI MOREL

DONT LA VENTE AURA LIEU

HOTEL DES VENTES, 9, RUE DROUOT

SALLE N° 5

Le ~~Mardi 9~~ Mercredi 10 *Décembre 1884, à deux heures*

COMMISSAIRE-PRISEUR

M. QUÉVREMONT, 46, rue Richer.

EXPERT

M. GANDOUIN, 42, rue Le Peletier.

CHEZ LESQUELS SE DISTRIBUE LE CATALOGUE

EXPOSITION

LE ~~LUNDI 8~~ Mardi 9 DÉCEMBRE, DE 1 HEURE A 5 HEURES

CONDITIONS DE LA VENTE

Elle sera faite au comptant.

Les acquéreurs paieront *cinq pour cent* en sus du prix d'adjudication.

L'exposition mettant le public à même de se rendre compte des objets, aucune réclamation ne sera admise, une fois l'adjudication prononcée.

DESSINS

ABBEMA (Louise)

1. Dona Sol (Aquarelle).

ACCARD (E).

2. La Nourrice.

ADAN (L.-Emile)

3. L'Arc en Ciel (Plume).

ARCOS (V.)

4. Sportmann (Plume).

AUDY (H.)

5. Les Deux Jockeys (Dessins aquarellés).

BAC

6. Andalouse (Plume).

7. La Belle Incroyable (Plume).

8. Amazone à pied (Plume).

BEERS (Jean van)

9. L'Equipage Diabolique (Plume).

BENNER (Jean)

10. La Belle de Scio (Plume).

BERGERET (Denis)

11. Bouquet (Crayon noir).

BESNARD (A.)

12. Jeune Harpiste (Plume).

BODINIER

13. Italienne (Aquarelle).

BOUCHER

14. Tête de jeune Femme (Crayon rehaussé).

BOUGUEREAU (William-Adolphe)

15. La Nuit (Trait à la plume).

BOULANGER

16. La Femme à l'Éventail.

BRILLOUIN (Georges)

17. La Gazette au Village (Fusain).

18. Le Marchand d'Almanachs (Fusain).

BROWN (Lévis)

19. Femme à Cheval.

CARAUD

20. La Jeune Fileuse (Crayon noir).

CASANOVA (A).

21. Une Madrilène (Plume).

CHARTRAN

22. La Double Flûte (Crayon noir).

CHERET

23. Motif de Décoration (Dessin à l'essence).

COESSIN DE LA FOSSE

24. Pêcheuses d'occasion (Plume).

CORMON (Fernand)

25. La Robe de Chambre Japonaise (Crayon noir).

COUTURE

26. L'École des Trompettes.

27. Fantassin.

CRUIKSHANK

28. La Contribution Volontaire (Aquarelle).

29. Le Grand-Père (Aquarelle).

DELORT (Charles)

30. Jeunes Bretonnes revenant de la Messe (Plume).

DESCHAMPS (Louis)

31. La Recherche de la Paternité (Plume).

DESTREM (Casimir)

32. Femme tirant de l'eau d'un puits (Plume)

EGUISQUIZA

33. Le Portrait de l'Absent (Crayon noir).

FLAMENG (François)

34. Le Tambour-Maître du Régiment de Champagne (Plume).

FORAIN

34*bis* L'Acropole Club.

GELIBERT

35. L'Histoire de Zozo.

35*bis* Lièvre et Faisan (Aquarelle).

35*ter* La Chasse au Marais (Plume).

GEOFFROY

36. Jeunes Filles à l'Ouvroir (Crayon noir).

GÉROME (J.-L.)

37. La Danse de l'Arnaute (Crayon noir).

GIROUX (E.)

38. Come Along ! (Plume).

GOCEDA

39. Fantaisies sur les Mœurs du Japon (Plume).

GONZALÈS (Juan-Antonio)

40. Le Galant pressant (Crayon noir).

GRANDJEAN

41. Haute École (Mlle Elisa).

GRÉVIN

42. Une Danseuse de la Poule (Aquarelle).

GUILLEMET (Antoine)

43. Villerville (Calvados) (Plume).

HARLAMOFF

44. Jeune Fille en buste (Plume).
45. Jeune Italienne (Plume).

HARPIGNIES

46. Vue du Pont Royal et de Paris (Aquarelle).

HEDOUIN (Edmond)

47. Juliette (Crayon noir).

HEULLANT (A.)

48. Idylle Gauloise (Plume).

HULST

49. Marine (Lavis).

50. Marine (Lavis).

JACQUET

51. La Dormeuse.

JAZET

52. Dragon Anglais.

JOURDAIN (G.)

53. Mélancolie (Sanguine).

JOURDAIN (Roger)

54. La Machine de Marly (Aquarelle).

55. Paysage (Plume).

56. Seule au Bois (Plume).

LAMI (Eugène)

57. Amazone (Plume).

58. Un Mariage (Aquarelle).

LEFEBVRE (Jules)

59. Esmeralda (Plume).

60. Pandore (Plume).

LE HOUX

61. Un Hercule (Plume).

LEPEC

62. L'amour au Lys.

LE ROUX (Hector)

63. Un Gradin à l'Amphithéâtre (Plume).

64. Le Collège des Vestales fuyant Rome (Plume).

64 *bis* Héro.

LESREL (Adolphe)

65. Le Porte-Etendard (Plume).

LEVY (Henry)

66. Jeune Fille tenant un Coffret (Crayon noir).

LIPHART (E. de)

67. L'Extase de Sainte-Madeleine (Crayon noir).

LIX (Fritz)

68. Andromède (Crayon noir).

MARS

69. Le Grand Prix de Paris, croquis divers (Plume).

70. Les Bouquetières du Bois (Plume).

71. Polichinelle et ses petits Amis (Plume).

72. Danseuse du Corps de Ballet (Plume).

MAZEROLLE

73. Le Jour.

MEISSONNIER

73 bis Tête de Vieux de la Vieille (Mine de plomb).

MERCIER (L.)

74. Femme Japonaise.

MONTENARD

75. Croquis sur les Sables d'Olonne.

MOSLER (Henri)

76. Groupe de figures pour le Tableau l'Horloger de Village (Plume).

MOYSE

77. Juive d'Alger en buste (Plume).

MURATON (Euphémie)

78. Le Pigeonnier (Crayon noir).

OUTIN

79. Jeune Femme à la Fenêtre (Crayon noir).

PEARCE (Charles-Sprague)

80. La Jeune Mère (Crayon lithographique).

PENNE (Olivier de)

81. Chiens courant au Repos (Aquarelle).

PILLE (Henry)

82. Reitres.

83 Troupiers.

84 Hallebardier.

85. Costumes alsaciens.

PINCHART (Emile)

86. Une Canotière de Bougival (Plume).

PROTAIS (Alex.)

87. En Grand'Garde (Crayon noir).

RALLI

88. Souvenir des Eaux douces d'Asie.

RICHET (Léon)

89. La Cruche cassée.

RICHTER

90. Salomé.

SAIN (Edouard)

91. Jeune Femme de Valence, buste (Plume).

SAINTIN (Jules-Emile)

92. La Marchande d'Oranges (Plume).

SCHLESINGER

93. Manette

SÉNÉCHAL

94. Rêverie au bord de la Mer.

SIMONINI (Paolo)

95. La Lecture intéressante (Aquarelle).

96. Jeune Femme (Aquarelle).

SINIBALDI (Paul)

97. Négligé du Matin (Plume).

SOMME (Henry)

98. L'Orient et l'Occident (Aquarelle).

VEYRASSAT

99. Chevaux de Hâlage (Aquarelle).

WILD (W.)

100. Catane (Plume).

WORMS (Jules)

101. Type Castillan (Crayon noir).

ZUBER

102. Dessous de Bois.

Il y aura en outre une cinquantaine de dessins non catalogués.

Paris. — Imp. Ch Maréchal et J. Montorier, 16, pass. des Petites-Écuries.

RED. :

16

www.ingramcontent.com/pod-product-compliance
Lightning Source LLC
LaVergne TN
LVHW052030160826
845678LV00003B/1258

* 9 7 8 2 3 2 9 6 2 4 2 6 6 *